KB182485

우리의 파안
이동욱 시집

문학동네시인선 227 이동욱

우리의 파안

시인의 말

빛이 있었으면 좋겠다고 생각했을 때,
그것은 입체가 되었다

무수하지만 단 하나의 각도를 가진

2025년 1월
이동욱

차례

2부 너무 많은 얘기는 진심을 외롭게 하지

3부 오래 간직하는 기억은 오해여도 좋았다

4부 마취가 풀리자 우리는

1부
문밖에 제자들이 울고 있다

폐회

기린의 눈을 들여다보기 위해서 무럭무럭 자랐다
슬픔이 되기 위해 종일 먹었다

아무 일도 일어나지 않는다는 것이 무섭다
아무 일도 만들어내지 못한다는 것이 두렵다

다 마신 맥주 캔을 한 손으로 찌그러트렸다
그것은 손안의 모양대로 찌그러졌다
캔 안의 공간이 각진 모양대로
보기에 좋았다

누군가 드리블 연습을 하고 있다
바닥을 치고 올라오는 공
텅 빈 올림픽공원에서

우리는 다시 연락하지 말자

쓰레기통 뒤에서 '저녁'이라고 적힌 약봉지를 발견했다
풀숲 사이에서 무언가 움직였다

모든 깃발이 사라졌다
나는 줄곧 패자를 사랑했다

다시 바닥을 치고 올라가는 공
누군가 아직 드리블 연습을 하고 있다

나 혼자 아는 사람

안녕하세요

나는 아는 사람이었다가 닮은 사람

나를 닮은 사람은
엘리베이터보다 계단을 선호하고
며칠 전 거리에서 우연히 그녀를 만났고
함께 밥을 먹고 혼자 계산했다

오랜만입니다

나를 닮은 사람은
여전히 같은 직장에 다니고
남들에게 말 못할 습관이 있으며
그녀와 은밀한 거래를 했다

나는 자주 얼굴을 잃어버린다
작은 소지품처럼
내 얼굴은 나를 두고 사라진다

누군가 나를 쳐다볼 때마다
얼굴을 두고 온 것 같다
거울은 깨지지 않는다

그는 태연히 저녁 준비를 하다 창밖을 보고
오늘 하루를 떠올리며 우울해하겠지
싫어하는 반찬을 계속 싫어하며
가스불을 켜겠지
거울 앞에서
내가 잃어버린 얼굴을 들고
나를 생각하겠지

죄송합니다

하지만 지금 나는 나 혼자 아는 사람

배수로

비가 오면 더 잘 보인다

사람들이 구청으로 밥 먹으러 간다
횡단보도는 왜 가로 방향일까
새 건물이 지어지고
공사가 한창인데
배수로는 항상 막힌다
그 안에 무언가 있다
항상 무언가 있다

난 내가 특별했으면 좋겠다

비만 오면 하천에서 냄새가 난다
오수를 방류한다
비가 오지 않으면
그것은 그대로 있었겠지

빗물은 낮은 곳을 찾아간다
고이기 전에 또 흐른다

물이 흐른다
신호가 바뀌면 사람들이 지나간다

나는 내가 특별했으면 좋겠다

우리의 파안(破顔)

여기에 담아
하얀 접시를 내어주며 말했다

테두리까지 온통 하얀 접시
손으로 잡으면 자국이 남을 것 같은 하얀 접시였다

보고 있자
가만히 보고 있으면
숨소리마저 빨려들어갈 듯
순백의 접시는 테이블 위에 놓여 있다
혹은 테이블이 접시를 받들고 있는 모양이다
테이블은 명상에 빠진 걸까

나는 한 팔을 높이 들고
나는 왜 접시를 깨트리고 싶어질까
모두 아무 말도 하지 않는다

두 달 만에 퇴원한 엄마가 방에 있다

복숭아를 깎다가,
그래 그런 적 있어
이대로 괜찮겠지

과도와 과육 사이
접시의 고요 위로 껍질이 떨어진다

접시를 들고 일어선다
모두 나를 지켜본다

등뒤로 방문이 열린다

접시 위에 담고 싶은
작고 초라한 발등이다

폐선(廢線)

내 몸엔 아무도 다니지 않는 길이 있다

그 길을 따라 누군가 뛰어온다
걸어왔으면 좋았을 것을
그의 뽐내는 걸음걸이를 보았으면
춤추듯 공중에서 두 발을 모으는 자세를 기대했지만
그는 뛰어오고, 그는 너무 빨라
그가 남긴 것은 모두 그를 사라지게 한다
혹은 사라지기 전에 그는 뛰어오는 것인지 모른다

그가 달려가는 곳이 어딘지,
내 몸은 알지 못한다
그는 뛰고 있을 때만 존재하며
그러지 않을 때는 보이지 않는다
그의 뒤로는 아무것도 보이지 않기 때문이다

그는 내 심장에 닿고, 허파를 지나, 팔뚝과 허벅지를 긁으며
어딘가 잠시 머물러 있다
그는 나를 벗어나고 싶은 것인가
나도 나를 벗어나고 싶을 때가 있다
나는 그를 따라갈 수 없다
그가 지날 때마다 내 몸에는 트랙이 생긴다

그 자국을 따라 피가 흐르고, 숨이 돈다

오늘 누군가 내 손을 잡고 있고
나는 물끄러미 그것을 내려다본다

그는 다시 달리기 시작하고
내 몸엔 아직 아무도 다니지 않은 길이 열린다

엘리베이터 안에서

종이에 선을 긋는다

이 선은 뭐야?
이 선은 세로로 긴 선이다
시작과 끝이다
처음과 마지막이다
혼자 떠나는 여행이다

긴 선이다
도중에 멈출 수 없는,
한번 시작하면 멈출 수 없는 길이다

이곳은 완벽한 어둠
도망치고 싶을 만큼,
도망치지 못하면 함께 녹아드는 어둠이다
어둠은 도처에 있다

이 어둠에 길게 선을 그으며 솟구치는 빛
틈을 비집고 무언가 벌려진다

종이에 선을 긋는다
벽에 선을 긋는다
아무 곳이나 선을 그으면

문이 열린다
저 문이 열릴 것이다

간호사들이 어딘가로 뛰어간다

밤까마귀

잠 안 오는 밤
머리는 꼭짓점
기준을 중심으로
내 몸은 좌우로 흔들린다
시계추처럼
좌우 면적을 계산한다
그 안에서 많은 이야기가 쓰이고
금세 지워진다

나를 낳은 여자가 울고
나를 닮은 남자가 나를 미워한다

한 몸에서 난 것들이 서로를 돌아볼 때

흔적은 백지 위를 날아
밤을 갉아먹는다

저기에 기척이 있다

무언가 날아오른다

흔들리는 게 무언지
알지도 못하면서

나는 살고 싶어
그 날개를 훔친다

아카시아 껌

오늘 산에서 내려왔다
봄밤은 취해 있었다
담배는 쉽게 끊어졌다
그곳엔 나무가 가득했다
꽃은 기억나지 않았다
나는 일행과 조금 떨어져 걸었다

여기에 터널이 있네
누군가,

은박지를 바닥에 버렸다
누군가, 바람이구나 했을 때
다들 서로를 두리번거렸다
네 얼굴이 내 얼굴을 스칠 때
내가 너를 볼 때
언젠가 그 사이에 무언가 있었다
우리가 기억하는 건 서로 달랐다

산에서 향기가 따라 내려온 것이 아니다

꽃은 아직 산에 있다
그곳에서 질 것이다
그곳에서 필 것이다

누군가 하품을 하자 모두 따라 했다
나는 무언가 삼킨 기분이었다
그것은 터널을 따라 어두운 내장으로 내려갔다
나는 모든 걸 느낄 수 있었다

suddenly

갑자기 너는
내가 아니라는 생각에 사로잡힌다 새들을 보고 길을 걷다 공중화장실을 찾고 자전거를 타고 싶다 두 개의 바퀴를 눈으로 굴린다

갑자기 너는
내 글씨를 못 알아보고 잘못 쓴 일기를 고치고 싶어진다 일기는 이미 제출했는데 그때부터 선생은 나를 모르는 척 한다

갑자기 너는
남자가 아니고, 여자도 아니어서 이 몸을 벗어나고 싶다 멱살을 잡고 흔든다 나는 작아지다 커진다 계획에 없던 일이 벌어진다

갑자기 너는
운전을 하고 싶다 도로에 뛰어든다 차를 따라 달리고 싶다 연못에 가둔 오리는 겨울에 어디로 갈까 아무라도 불러보고 싶다 택시 기사에게 말 걸고 싶다

갑자기 너는
내 이름이 기억나지 않는다 아침에 시리얼을 먹다가 지난밤 도로에 떨어진 타이어 생각을 한다 세상은 언제 불탈

수 있을까

갑자기 너는
오래전 살던 집을 찾아간다 골목에 모여 노는 아이들에게 나를 소개한다 목소리가 나오지 않는다 집주인이 맨발로 뛰어온다

갑자기 너는
비명을 지르고 싶다 무엇이든 깨뜨리고 싶다 계절은 너무 연극적이라 입술로 꽃을 뜯으며 퇴장한다 주문하지 않은 음식이 너무 늦게 나온다

옆 테이블에서 머리가 기울어져 떨어진다 갑자기

답사

이곳은 알던 곳이다
전에 왔던 곳이다

전생이나 어제 혹은
먼 미래라고 하자

나는 이곳에서 슬펐고,
누군가를 떠나게 했으며,
잊어버린 뒤에
완전히 잃어버렸다

내 손은 무언가 잡고 있었다
곤충의 날개는 엄마처럼 울었다
마을 초입에 느티나무 다음,
평상 아래 신발을 지나
담장을 따라가며 누군가 콧노래를 불렀다

당신은 이곳에 어울리지 않아요
왜, 다른 곳은 알지 못하는데,
날지 못하는 곤충이 바닥을 기어간다
엎드리면 금세 잠이 들었다

죽었어?

이제 그만 일어나
가자

곧 익숙한 무리가 이곳으로 올 것이다
나는 비로소 슬픔의 자격을 얻는다

감독의 외로움

세트는 무너지고, 배우는 떠났다. 스태프는 흩어지고, 스튜디오는 불탄다.

의자에 앉아 감독은 움직이지 않는다. 불길은 커지고, 커지면서 확장된다.

그날, 감독은 유일한 생존자였다. 모두가 원하는 희생자였다.

카메라는 지평선을 찍다가 서서히 뒤로 빠진다.
앵글 너머로 앙상한 나뭇가지 보이고
그 사이로 드러난 하늘 차츰 붉어진다.

배우는 반대편에서 걸어온다.
절대 카메라를 쳐다봐서는 안 돼.
그의 시선은 고집스럽게 바닥을 향한다.

우물이 있던 자리에 인형을 놓는다.
그때 여자아이가 화면 밖에서 나타나 배우에게 달려온다.
아이를 따라오던 개가 방향을 돌려 사라진다.

한 무리의 사람이 언덕을 오른다.
멀리 보이는 모습 실루엣은 한곳으로 뭉쳤다 흩어지면서

어느새 어둠으로
사람들은 그림자를 꺼내 입는다.

나뭇가지에 연이 매달려 있다.
바람은 그치지 않는다.
배우는 허겁지겁 물을 마신다.
테이블의 컵 자국이 지워진다.
배우는 오래 물을 마신다.
카메라는 점점 다가간다.
뒤에서 손이 나타나 배우의 목을 감싼다.

흐린 창문 밖으로 무언가 지나간다.
조명이 깜빡인다. 조명 불량.
냅킨. 코스터.
이제 접을 냅킨이 없어.
배우는 깜빡깜빡 웃는다.

처음부터 그럴 생각이었다.

바 너머로 손을 뻗어 리볼버를 꺼내든다.
정면 거울을 향해 뻗어본다.
이봐 그만둬. 어차피 총알은 없어.
바텐더의 충고는 언제나 유용하다.

—

처음부터 그럴 일이지.

여기에 불을 붙여봐.
배우는 물고 있던 담배를 툭, 뱉어낸다.

창문은 빠르게 변한다. 조명 색깔은 보이지 않는다.
연출이 엉망이야. 작위적인 설정은 누가 봐도 알 수 있어.
진심을 담아 연기하란 말이야. 네 연기는 가짜야.
거울을 향해 침을 뱉는다.
컷.
그런 장면은 대본에 없는데.

감독은 개새끼. 대본은 엉망이고, 스태프는 어중이떠중이들.
손안에 백열전구가 들어온다.
배우는 어디까지 힘을 줘야 하는지 가늠해본다.
이게 내 진심이야. 그럴 수 있지.

이렇게 될 줄 알았어.
이렇게 될 줄 알았어?

설마, 이렇게 될 줄이야.

—

배우는 주먹을 완성한다.

암전.

컷.

컷입니다.

(THE END)

동파肉

그 음식을 사준 사람은 네가 처음이었다

이가 불편한 소동파를 위해 제자들이 만든 음식이래

나는 지금도 이 유래가 가장 마음에 든다

한적한 식당에서 종업원이 접시를 두고 갔다

이가 없어도 먹을 수 있는 음식

그때도 젓가락은 간장빛이 돌았다
고가구에서 특유의 냄새가 났다
이 식당은 얼마나 오래됐을까

내 살이 녹아
흐물흐물해질 때를 생각해본 적 없다

그럼 너는?

어느새 나무관은 삭아 부서지고
휘장은 빛을 잃었다
나는 무슨 말을 하려 하지만
그 안으로 흙이 밀려들어온다

입안에 무언가 가득찬다
열심히 씹어도 차마 삼키지 못하는
내가 씹고 있는 것은 너의 살인가, 스승의 살인가

몇 테이블이 도는 동안 음식은 줄지 않고
나는 오래된 젓가락을 닦아 가방에 넣었다

문밖에 제자들이 울고 있다

2부

너무 많은 얘기는 진심을 외롭게 하지

예의 없는 것들

저……

그는 머뭇거린다 내게 생각할 시간을 주려는 걸까 무슨 말을 하려는 걸까 그는 예의바른 사람 나는 그의 겸손과 예의바름을 존중한다 그는 최근에 수술을 받았다 모친은 신장투석중이고 부친은 퇴직한 지 한참 지났다 중년의 그는 혼자지만 둘이 될 가능성이 있다 그는 계속 머뭇거린다 신호가 바뀌고 사람들이 왕래하고 화단에 새가 앉았다 그동안 우리는 그의 포즈(pause)를 사이에 두고 침묵이 길어질수록 그 안에서 내 걱정은 불안이 되었다가 짜증으로 삐져나오기도 한다 저…… 그게 말이야 그는 정중하고 곡진하다 그는 나의 상사로서 최선을 다하고 나는 충분히 느낀다

그는 셔츠 단추를 끝까지 채우지 않는다

그는 슬리퍼를 소리나게 끌고 다니지 않는다

그는 잔돈은 주지 않는다

그는 점심을 먹고 양치하지 않는다

그는

참을 수 없다 아무래도 나는 시험받고 있는 중인가 그의 예의바름을 수용해야 하는가 그는 왜 이토록 무례하게 이해받기를 원하는가

저…… 저기, 말이야.

조금씩 확실하게 나는 줄어든다 내가 줄어드는 것을 그는

안다 알면서 그 시간을 즐기고 있다 나는 정말 줄어들고 있다 나조차 인식하지 못할 때까지 아무도 나를 알아보지 못할 때까지 줄어든다 그는 아직 아무 말도 하지 않았지만 그 포즈에서 넘치도록 많은 말이 사방에서 진공포장처럼 나를 빨아들인다

내 눈은 가늘어지고, 그 사이로 해가 진다 벌써 전생을 다 쓴 기분 마침내

나는 기진했다

외출 전 편집증을 대하는 폐소아의 소수 의견

#옷걸이가 벽에 걸려 있다

오래 입지 않은 옷은 혼이 생겨 주인을 가린다는데 몸밖으로 혼을 밀어내듯 다리미로 옷을 누르면 저기 오래된 숨을 뿜으며 소매를 빠져나가는 주름의 행렬을 봐 벗어놓은 옷에는 몸의 기억이 남아 있어 다림질을 해도 어떤 부위는 주름으로 모여 서로 울고 있겠지

#빈 옷걸이가 흔들리며 벽지를 쓰다듬는다

어느 날 집어올린 옷에서 당신을 업고 계단을 오르던 때가 주름으로 남아 있는 걸 보았지 그을음처럼 나는 이내 옷 속으로 들어가 누워보았어 살을 풀어 옷을 가득 채워볼 요량으로

#폐소아는 방문을 열었다 닫는다 그리고 등을 기댄다

비가 내리면 침대맡에 붙여놓은 그림이 벽의 호흡을 받아 울곤 하지 어쩌면 그 울음 속에 숨어 밤새 주술을 읊고 있을 입술 탓일지 몰라 나는 연필을 들고 그 울음을 찔러 보았지 그리고 허기진 구멍 속에 내 혀를 남겨두고 돌아왔

어 그러니

#창 너머로 보이는 불타는 도시, 누군가 지붕 위에서 외투를 흔들고 있다

그러니까 내 목소리는 이미 사라진 지 오래 날아오른 새가 나뭇가지를 돌아보지 않듯이 내 목소리는 지금 가늘게 회귀하는 중일지 몰라 그런데 저기서 흔들리는 것은 어디서 돌아오는 새들인 걸까

강변북로 진입하기

유독 내게만 너무 늦은 일이었다

그중에 내가 놓친 바람이 뺨에 자국을 남기면 미지에서 깨어난 당신이 앉아 있던 곳 오해를 진심으로 풀어낼 때까지 지독한 밤은 당신의 자욱한 숨을 따라 남은 자취를 마저 지우지만 간밤에 내린 눈이 저녁의 급소마다 박혀 있어 그렇게 기억에 서툰 나는 그 자리를 하나씩 돌아보다 헤매는 것이지만 아직 당신은 알 수 없으므로 다시 처음부터,

돌아가기엔 내게 너무 먼 길이였다

B3 Parking lot

주머니가 가득찬 날
모래가 흘러내린다
이 많은 모래를 어디다 부릴 수 있을까

움직이면서 들키는 소리를 우리는 복수형으로 정의하자
바퀴가 젖었는데 바닥은 왜 미끄러울까
또 무언가 내려온다

기둥과 기둥 휘장이 걸리고 대관식에 도열한 혁명군들 사이 바닥은 소리를 깨워 내 자태를 지켜보는데 입안에서 시간은 마르고 당신의 우울은 기원을 찾았나 우리는 들키면서 움직이지만 아직 남은 침묵이 마르기 전 어디까지 가야 할까 또 누군가 내려오기 전에

내 사랑과 내 연민은 무한을 꿈꾸지만

일단은
조금 더 가보기로 하자

필적감정

여행지
모텔
동전

길고 짧은 머리카락을 주워보고 한쪽이 꺼진 침대에 누워 나는 젊은 아버지와 가난한 당신과 당신의 정부와 이내 우연의 음악과 불길한 계절이 밤새 뒤척였을 사연 속으로

결국,
타인의 필체 속에서
잠시 나를 죽은 혓바닥처럼 놓아보는 것인데

가장자리부터 색을 놓아버린 사진과 꽃이 피는 소리를 따라 자라는 곤충의 더듬이 혹은 열었던 문을 잠시 잡아주고 사라지는 손자국에 손을 겹치며

다시,
수챗구멍에 감긴 머리카락을 건져내고 바닥에 눌어붙은 치약자국을 지운다 김이 서린 거울을 닦아낸 뒤

인연을 믿지 않던 여행자는 매일 아침 누군가 나보다 먼저 이 방을 다녀간 것 같다고 써야 한다

민들레 소품

들판이 타전하는 모스부호

내가 삼키면
심장에 닿을 때까지
아픈 시절을 재촉하듯 뛰어다닌다

맹목과 복종 사이
봄의 입김이 둥글게 뭉쳐 있다

격리

거실 천장 불을 끄고 조명을 켰다
조명을 켜자 공간이 생겼다 그 안에는
책장과 선반과 식탁과 사진

모든 것이 드러났다
우리는, 나는 그 밖에 있었다
똑딱 똑딱
스위치를 누르면 이렇게 간단하구나
손가락을 튕기며

너무 많은 얘기는 진심을 외롭게 하지
네가 떠나지 못하게, 나는 더 우울해져야 할까

시곗바늘은 여전히 같은 자리다

창밖 어딘가에서 세계의 책이 차르르,
책장 넘기는 소리가
분명히 들었다고 생각했는데, 기억나지 않았다
한 번 들으면 곧 잊힐 소리가 세상에 있는 것인가

비가 내리자 거리는 더 촘촘해졌다

오늘 나는 머그컵을 들고,

그 자리에 남은 둥근 흔적을 물끄러미 바라봤다
무슨 일이라도 벌어질 것 같은 오후였다

옷을 다 입고 나서야
단추를 잘못 채웠다는 걸 알았다
단추를 풀고
다시 단추를 채우며
달라진 것은 아무것도 없는데,
모든 것은 이미 한번 바뀐 것 같았다

추신, 이제 너도 돌아갈 수 있을까

네 꽃이 도착했다

귀에 물약을 넣고 한쪽으로 눕는다 나는 잘 울지 않는데 누군가 귓속에 고여 속삭이고 있어 목소리가 몸안에 살아 메아리를 만든다 놓칠 때까지 몸안에 허방을 놓는다

말을 많이 한 날은 겨드랑이부터 축축해진다 언어를 만지고 나면 잠에서 덜 깬 기분이듯 모든 편지는 밤에 썼지만 사랑을 얻기 위해 구겨진 글자들은 여린 획부터 떨어졌다 자주 부끄러웠고 그때마다 아주 먼 곳으로 가고 싶었다 아이슬란드라면 어떨까 당신은 어디서 왔습니까 아이슬란드 발음할 때마다 입에서 눈을 뱉어냈다
그날 거리에서 누군가 큰 소리로 나를 불렀다

면봉으로 귀를 닦는다
반대쪽으로 돌아눕는다

아이슬란드에도 꽃이 있을까
거기에도

그 말은 하지 말았어야 했다
대답하지 말았어야 했다
이름을 바꾸면 나는 다르게 불릴 수 있을까

들리지 않는 쪽에서
네 꽃이 귀를 떠난다

신도시

많은 전선이 이동했다

피부에서 돋아난 털은 왜 길이가 다를까
어떻게 서로를 알아볼까
더이상 자라지 않을까

마을버스는 일찍 끊기고
운행이 끝난 정류장에 서 있는 것은
이방인인가, 헤어진 사람인가

빌딩과 빌딩
전선으로 연결된 콘크리트의 감정은
서로를 일관적으로 바라보겠지
연인들은 뜨거웠다가 차츰 모른 척하겠지

소방차가 교차로를 통과하는 동안
오늘도 우리는 다만 무사하고
그게 네 가족이라 생각해봐
너를 키운 게 가족이라고 단정짓지 마
그것은 사이렌소리를 따라 날아가는 비둘기 같은 것
마지막 남은 희망대출 같은 것

전철역에서 절하며 지지를 호소하는 정치인과

그 앞을 지나는 직장인에게
출근은 무엇보다 중요합니까
간과 쓸개가 상징하는 건 무엇입니까

새로 생긴 진입로를 따라
차례로 들어서는 차들을 보고 있으면
어째서 당신의 가족은 오늘도 무사합니까

주는 입장

가진 게 없어도 나는 주는 입장
입장 바꿔 생각해봐도
나는 늘 주는 입장

힘든 건 마찬가지라고 사장이 말했을 때
그도 사람인데 어련할까
매년 연봉 협상에 실패했다

밤새 일해도 남는 게 없다는 택시 기사의 하소연에
왜 길을 돌아왔느냐고 묻지 않았다

자네가 이번 시험에 떨어진 건 애석한 일이네
출제 교수를 찾아간 건 실수였다

우리는 최선을 다해 널 키웠다
당신이 최선을 다한 건 내가 아니지만
부모에게 반항할 수 없었다

단순 변심은 환불이 불가합니다
나도 모르는 내 마음을 당신은 어떻게 알았을까

사랑한 게 죄가 아니라면
이제 너를 뭐라고 부르지?

이 코트엔 주머니가 많지만
가진 게 없어도
가엽다는 생각마저 나는 늘 주는 입장

한 사람의 오늘

늦은 저녁만 기억하는 이 돌에는
바람길이 있네

길은 어두워 보이지 않지만
오늘 한 사람
그 길로 들어서네

바람이 뒤늦게 따라가네

보내는 사람 없어도
기다리는 사람 기다리며
자꾸만 따라가네

불꽃을 기다리는가
오늘 한 사람
까만 심지처럼 그 안에 굳어 있네

돌아온 나는 긴 돌담을 따라 걸었네

기다리다 날이 지면
두런두런 말소리가 들리기도 했던가

떠나기 전 나는 손에 쥔 돌을 담장 사이에 끼워넣었네

갈피

너는 책에 포스트잇을 붙인다. 나는 그 부분만 골라 읽는다. 이건 아무래도 불공정한 독서. 하지만 나는 그것만으로 너를 알 것 같다. 나머지 부분은 선택의 문제인가. 나는 다 읽은 페이지의 포스트잇을 떼어낸다. 내 책은 다시 원래대로 돌아간다. 그게 다인가. 아무래도 나는 정당한 독서가는 아닌 듯하다. 무엇이 너의 마음을 움직였을까. 고작 이건가. 하지만 어떤 페이지에서 나는 오래 머문다. 그리고 포스트잇을 떼어내길 주저한다. 거기서 책을 덮는다.

거기가 어디야? 갈림길에서 너는 묻는다. 나는 잠시 고민하는 척하며 익숙한 골목으로 너를 안내한다. 점원이 브레이크타임 안내판을 걷어 간다. 출입문을 열자 환한 빛이 쏟아지고 그건 마치

3부

오래 간직하는 기억은 오해여도 좋았다

친구의 장례식과 애인의 결혼식

무엇이 나를 움직이는 걸까. 내일도 같은 날이겠지. 반복되는 것이 이렇게 편안한 마음을 주다니. 생활의 주기는 한 달에 맞춰진다. 하지만 자세히 들여다보면 더 많은 주기들이 있다. 자명종과 전철, 점심, 회의, 저녁, 퇴근. 혹은 야근. 다시 전철. 혹은 택시.

동호대교를 건널 때 내가 느꼈던 것. 내비게이션에 찍힌 택시의 위치. 파란 것은 한강, 직선은 다리. 그 위로 지나가는 것은 나, 혹은 택시. 기사는 음악을 크게 틀고, 음악은 트로트, 혹은 찬송가. 주여 제발 이 다리를 무사히 건너게 해 주시옵소서. 그때 나는 창문을 조금 열고, 그 사이로 쏟아지는 바람을 맞았다. 이제 와서 담배 한 개비 정도는 괜찮지 않을까. 찬송가는 너무 경건해서. 오늘이 지나면 내일은 무사할까. 가끔은 다른 사람의 인생을 대신 살고 있는 것 같다. 그를 만나면 자랑스럽게 웃으며 이 몸을 건네줄 수 있을까. 너는 참 쓰기 좋은 몸을 갖고 있구나. 누구에게도 피해 주고 싶지 않다는 것은 그의 거짓말이다.

동호대교에서 한남대교 쳐다보기. 하지만 너와 걸어서 건넜던 건 한남대교. 다리 위에 서면 항상 무언가를 떨어뜨리고 싶어진다. 뭐였어? 뭐겠어. 우리는 이곳에서 저곳으로 건너가기 위해 다리를 건넌다고 생각하지만, 사실 다리의 중간은 기억에 없었지.

택시 기사는 말이 많았고 나는 이곳이 처음이라고 대답했다. 사거리에서 어디로 갈까요? 그러자 나는 갑자기 구토가 일었다.

외로움이 나를 부를 때

내가 멱살을 잡았을 때
그는 침을 뱉었다
비 오는 골목길 사거리에서
우리는 뒹굴었다
등에 바닥이 닿자 얼굴로 무언가 흘러내렸다
눈앞이 뜨거워졌다
그의 입에선 욕지거리와 술냄새가 쏟아졌다
어느새 사람들이 모여들고
그 중심에서
우리는 뱀처럼 얽혔다
니가 사람이냐,
니가 사람 새끼냐
이리저리 바닥을 뒹굴었다
아무도 말리지 않았다
그날 나를 아는 사람은 없었다
그를 알아보는 사람도 없었다
이렇게 사람이 많은데,
내가 아는 사람이 얼만데,

그날 지독하게 외로웠다고
선배는 조심스레 조개를 뱉어냈다
얼굴은 더 늙어 보였다
북적이는 포장마차 구석에서

우리는 건배를 나눴다
술잔이 손에서 떨어지지 않았다

베이글 전쟁

여기 베이글이 하나 있다 그 중심은 지금 비어 있다 아무것도 없다는 점에서 베이글과 나는 하나의 점으로 존재한다

그 섬에 사람이 살고 있다는 것은 소문에 불과했다

오븐 안에서 베이글은 서서히 모습을 갖춘다 무수한 열기를 품고 부풀어오른다 거대한 무언가를 기대하는 사람들이 길게 차례를 기다리고 있다 그것은 보이지 않는 믿음이 보이는 사람을 보이지 않게 하는 일이었다

그때는 다들 무언가를 믿고 있었으니까

섬을 위에서 본다면, 하늘에서 본다면 섬도 들끓고 있는지 모른다 나는 점점 멀어져 그것이 하나의 점으로 보일 때까지 멀어진다 그것은 날아가는 새를 응시하는 눈동자에서 절벽을 떠나는 포말로 부서진다 물이 마른 자국처럼 그것은 어딘가 감춰진 동굴처럼 그것은

사람들은 달을 가리키지만 그것을 둘러싼 전부가 하늘이듯 공백이 있어야 베이글은 완성된다 이데올로기도 그렇지 않을까 하지만 역사는 공백을 싫어하지

너는 크게 입을 벌려 베이글을 깨문다

식적(息笛)

목소리는 물에 뜰 수 있나

내가 아는 목소리는 인간 몸속에 종양처럼 기생하는데, 같은 반향이 있을 때까지 숙주를 간섭하지 않은 채 성대 깊이 자신을 되새긴다

환청이라는 영역에서 목소리는 재생되기도 하지만 기생하는 목소리란 처음부터 그런 것이 아니겠지

그 누구도 아닌 당신의 피리처럼

관(管)을 통과한 목소리만이 음색이다

인간의 몸에는 대략 여덟 개의 구멍이 있지만 스스로 그 구멍을 볼 수 없어서 서로의 몸을 핥고 빨고 이야기하고 우는 동안 어디에서 소리가 나는지 알 수 없지만

연주가 끝나자 단원들이 악기에서 손을 뗀다

그제야 나는 음악이 대답할 수 있는 사람이 되기도 했다

배교의 에피파니

이제야 이별이다

여기, 손가락 사이
쉼없이 빠져나가는 모래알
그 가운데
네가 아닌 것이 있다면
그것만이 신의 알리바이

빈 그릇에 처음 닿는 수저처럼
바닥이 드러난 컵에 물 따르는 소리처럼
당신의 신은 또 그렇게 우는가

이제 대답해보아라

지금 내 살은 차갑고 내 꽃은 적요하니

내 이별은 혼자 기다리게 하지 말아라

내성의 꽃

당신과 만나지 못한 날이었지

집으로 돌아와
들고 간 꽃다발을 생수병에 담가놓았다

방은 좀더 분주해졌고
꽃을 볼 때마다 전해줄 말을 중얼거리다보면,
투명한 생수병 물이 줄어들어
꽃은 무언가 생산적인 일에 몰두하는 것 같았다

외출에서 돌아오면 방안에 향기가 가득했다
가구가 하나 더 는 셈이다

계절은 돌아볼 때만 선명했다

몇 번의 약속이 있었고
그 말을 하지 못했지만
오래 간직하는 기억은 오해여도 좋았다

물을 갈아주기 위해 줄기를 집어들었을 때
마른 꽃잎이 몇 개 떨어졌다
당신은 이제 내게 많은 말을 하지 않는다
나는 줄어든 물의 양을 다시 채운다

월량대표아적심

야자수가 영어로 뭔지 알아?

칵테일 잔에 담긴 빨대를 돌리며 여자는 물었지
마감 시간을 알리는 음악이 나오고
종업원들이 시간보다 느리게 움직이던

그는 칵테일을 입안에 머금고 있다
입안에 포도알이 굴러다닌다
포도송이는 검은 봉지에 담겨 있다
그러다 견딜 수 없다는 듯이
툭, 터진다
그렇게 소리내 웃는다

신혼의 마지막 밤
파도가 덤벼드는 해안가에서
무엇에게든 건배하고 싶었지
그것이 무엇이든
인생에 처음이자 마지막으로

종업원이 계산서를 가져간 뒤,
그는 액자에 담긴 부모 사진을 기억해낸다
그들은 더이상 함께 살지 않는다
그는 여자에게서 다른 얼굴을 본다

그들은 자리에서 일어난다
어두운 복도를 걸어 방으로

그는 자꾸 뒤를 돌아보며
잊기 전에 다시 야자수를 발음해본다
혀는 둥글게 말려들고
그 안에 한동안 머물러 있다
달의 희미한 껍질이 입안에서 맴돈다

다시 돌아올 수 없는 기지개처럼
그림자는 복도 끝까지 늘어진다

비는 내가 홀로 있는 방식

추문처럼 구름이 모여들어 하늘은 금세 어두워진다
병세를 걱정하는 간병인의 표정처럼
그 표정을 다 읽을 때쯤 비가 온다

날이 흐려
페소아는 외출 준비를 하다 생각에 잠긴다

우산에 관해 말하자면 우선 손가락이 필요하다
손가락을 차례로 접으며 결국 하나의 마음이 되는 것
상대는 자주 보이지 않았으니
주먹을 높이 들고 걸어야 했다

그러니 이건 우산에 관한 이야기이지만
주먹을 쥐었다 펴며 나는 가질 수 있는 것과 놓아야 하는 것을 배웠다

머리카락을 만지며 비를 생각한다 네 머리카락은 장마와 함께 찾아왔구나 손가락 사이를 빠져나가는 것은 무엇인가 지나간 뒤에도 손가락에 남는 것은

비는 종일 내리고, 그뒤에 남은 것들을 생각한다 비는 계속 오는데 머리카락을 만지며 손가락 사이로 빠져나가는 머리카락처럼 길고 가는 것들이 밖에 가득한데,

한 치 앞도 보이지 않을 때
어둠은 무엇으로 가득한 것인가
무엇을 위해 텅 비어 있는 것인가

걸어가며 빗속의 틈을 발견하기도 한다
우산 아래 있는 사람과
우산 밖에 있는 사람은 무엇이 다른가

주먹을 펴기 전까지 그 안에 무엇이 있는지 알 수 없듯이, 당신 우산 안에 무엇이 있는지 누구도 알지 못한다 당신은 아직까지 이별에 실패한 사람 울음에 특화된 사람 보이지 않는 사람 보이지 않아 함부로 우는 사람 보이지 않아, 볼 수 없는 사람

우산을 쓰고 광장을 걸었다
비는 어둠에 녹지 않으면서
비는 어둠을 분해하며 내린다
광장은 아름다웠지만, 내가 원한 건 이런 게 아니었는지 모른다

외출에서 돌아와
방안에 우산을 펼쳐놓았다

우산은 한 손으로 쥘 수 있다
우산은 곧 활짝 피어날 무언가를 감추고 있다
그 안으로 허기와 사랑과 치욕과 분노가 모여들어,

비는 곧 그칠 듯하지만,
오늘 비는 내가 홀로 있는 방식

저 금목서를 당신의 미망인으로 부르면 안 되나

지금이 아니면 아닌 것들

언제
또다시 만나고
언제
기꺼이 헤어지겠다

지금부터 인생은 비루한 짐승처럼 젖은 골목을 배회하고
아무도 찾지 않을 폐지처럼 무수하겠지만

참담한가?

다시 묻지 못한다면

왜

이제 나를 당신의 미망인으로 부르면 안 되나

전조

이것은 우리의 외로운 전위
풀밭 위의 청동(靑銅)
비극에 몰두한 새들이 저마다 바치는 노래

고개를 돌리면
너는 다만 공원의 오수(午睡)를 사랑할 뿐,
잔디밭 아래로 기울어지는 아이스크림을 지켜보다
나는 두 팔을 벌려
아름드리나무를 상상한다
이만큼

발치로 개미는 몰려들고
입술은 보이지 않을 때 더 달콤하겠지

눈을 떠봐

떨어뜨린 책에서
흘러나온 활자들이
개미들이
기어온다
기어코

나는 다시 고개를 돌리고

어느 쪽이든
작은 것들이 불안과 닮은 이유를
내게서 본다

스퀘어의 기분

(악인은 오른쪽에서 등장한다)

그러니까 나는
짝이 맞지 않아 기다렸다

기다리는 동안
오직 시간만 나를 지켰다

하염없이

어디로 가야 할지 몰랐다

물은 기울어진 쪽으로 흘렀다
잠시 후 체념한 듯 움직이지 않았다

누군가 연못에 돌을 던진다
여기, 라고 말하자
떠오르던 모든 것이 물러났다

테이블 위 레몬은 깨끗하게 잘렸다
미련과 증오가 절반씩
그건 더이상 레몬이 아니지만
나는 칼을 놓고 우는 사람을 안다

잊었던 일들이 한꺼번에 기억났다
같은 말을 반복하는 건 동의한다는 뜻일까

액체에 둘러싸인 돌처럼
나는 줄곧 무언가를 기다리고 있었다

진동벨이 울리자 누군가 자리에서 일어난다
나는 익숙한 쪽으로 고개를 돌린다

복기

가진 것보다 놓고 온 것이 많아
돌아보는 것은 네 오랜 버릇
나는 지금도 부정하지만, 다시

너는 목소리가 달라졌고 키가 커졌다
우리 시선은 닿자마자 어긋났고
그것의 반복, 반복은 힘이 세니까

마술사의 현명한 조수처럼
나는 제때 사라졌다 나타났다
기억하는 사람으로서
나는 엉뚱한 곳에서 미소를

우리는 가진 패를 놓고 고민했지만
어느덧 식순에 따라 퇴장을
사진을 찍기 위해 모두 단상으로, 그리고
계단으로, 에스컬레이터로
하와이로, 유럽으로
가능하다면 모두 각자가 바라는 곳으로

웃음은 과장된 만큼 확신을 줄 수 있나
그때까지 웃을 수 있나

화환을 장식한 꽃들은 얼마나 살아 있을까
오늘 나는 잠들기 전까지 그 생각을 가지고 있을까
지금도 중동에선 석유가 들끓고
불타는 호랑이가 밀림의 밤을 지키고 있는데

접시에는 아직 방울토마토가 남아 있지만
종업원은 손을 뻗어 접시를 가져가고

엘리베이터 앞에서 나는
주차권을 받지 못했다는 생각에 걸음을 돌렸다
하지만 역시 돌아보는 것은 네 오랜 버릇

마지막 서명

은행 창구에서 나는 당신과 마주앉아 수많은 확인서와 동의서에 이름과 서명을 남긴다. 내가 남긴 것은 그게 다인가. 모니터를 보면 나는 내가 아닌 것 같은데, 실내는 쾌적하고, 우리는 묵묵히 각자의 일에 몰두한다. 몰두하면서 듣는다. 지금도 밖에는 시위하는 사람들. 민중가요를 틀고, 그 노래는 대학생 때 들었지. 변한 게 없구나. 그들은 출근 시간과 퇴근 시간에 집중적으로 나타났다. 지금은 퇴근 시간. 하지만 우리는 여기 앉아 있지. 각자의 업무를 보면서. 성실한 납세자로서 나는 통장 개설을 위해 왔다. 내 모든 정보는 일사천리로 처리된다. 그런데 왜 나는 경비원이 허리에 찬 총이 눈에 띄는가. 유심히 보는 사람으로서 소파에 앉아 시계를 보고, 세계 환율을 걱정스레 쳐다보고, 텔레비전은 지방 공장 화재 소식을 알리고 있었는데, 나는 왜 경비원 허리춤에 매달린 총에 관심이 더 가는가. 지루하겠지. 여기는 무해하고 정해진 목적을 가진 사람만 오는 곳. 당신 마스크 속 표정이 궁금해. 그때 갑자기 복면을 쓴 한 무리가 유리문을 밀고 들어온다면, 세계 환율은 여전히 바닥을 치고, 공장은 끝까지 불타겠지만, 나는 누구보다 먼저 바닥에 엎드릴 것이다. 차가운 바닥에 볼을 붙인 채, 그때도 경비원의 총을 쳐다보겠지. 사랑하는 당신을 생각하겠지.

다 됐나요?

나는 자리에서 일어나고, 한 손으로 유리문을 밀고 나서다 문득 아는 사람을 만날 것만 같다. 사람들이 건물 입구에서 묵묵히 스피커를 트럭에 싣고 있다.

4부
마취가 풀리자 우리는

고궁 야간 개장

그날 세종대로를 걷던 내게 누군가 사진을 부탁했다

고개를 돌리자 활짝 열린 광화문 너머 빛이 쏟아지고 받아든 휴대전화 화면에는 한복을 입은 연인이 웃고 있었는데,

그 얼굴을 본 적 있다

어디였던가, 관람 시간에 쫓겨 걸음을 옮기던 역사관에서 말 탄 순사가 긴 칼을 앞세우며 지나간 자리에 경찰 제복을 입은 얼굴이 들어서고, 코너를 돌면 운동장에 주저앉은 사람들 앞 붉은 완장을 두른 청년의 각진 턱선, 사열대 앞에서 깊게 눌러쓴 군인 철모 아래로, 브라운관 속 연설하는 정치인과 신문 첫 페이지 양팔을 뻗은 당선인 이마였던가,

그 얼굴을 본 적 있다

담장과 처마를 비추는 조명은 눈부시게 밝았다 빛이 닿지 않는 곳은, 보이지 않는 것은, 그곳에 아무것도 없다는 듯이

고궁의 모습을 담기 위해 나는 조금씩 물러났다 등뒤로 물컹한 어둠이 느껴져 나는 주춤거렸지만 연인은 천진하게 웃으며 카메라를 응시하고 사실 그들은 어떤 질문을 품고 나를 기다리는지 모른다 혹은 무언가를 확인하고 싶은 걸까

미 대사관과 문화회관이 마주보는 거리
신호를 기다리던 차들이 일제히 경적을 울렸다
나는 촬영 버튼을 누른 뒤 고개를 들었다
사람들이 모두 나를 쳐다보고 있었다

그 얼굴을 본 적 있다

아직 끝난 게 아니야

신촌 볼링장에서 함께 만났다
그때 우리는 처음이었고,
그는 늙었다

뭐든 자세가 중요하지
문학이든 인생이든
손목에 힘을 빼고, 허리로 균형을 잡아

우리는 차례로 라인 앞에 나섰다

순서를 기다리는 동안
무례한 농담을 나누고, 적당한 안부를 물었다

사실 다 관심 없었지
우리는 모두 막 시인이 되었고,
그는 오랫동안 선생이었으니까

공에 손가락을 끼우고 라인 앞으로 나섰다
손바닥에 얹힌 볼링공이
내 머리 무게와 비슷하지 않을까
소실점을 노려보며
곧게 뻗은 바닥 위로 힘껏 공을 굴렸다

등뒤로 환호가 일었다

자리에 앉으려는 찰나,
그가 나를 일으켜세웠다
돌아본 레인 끝으로
새로운 핀이 정렬해 있었다
그리고 눈앞으로
내 머리가 다시 나타났다

烏烏

졸업하고 뭐할 거야?

기차가 지나는 다리 밑에서 속삭일 때 살 속에 박힌 유리처럼 자취방은 숨어 지내기 좋았고 때로 시큼한 생목을 삼키며 진물이 흐르는 귓속을 닦아내곤 했지

이맘때면 많은 꽃이 아스팔트에 가득했지만 너는 그게 부러웠던가 여기는 새들도 앉지 않는 곳이야 그 시인은 젊은 나이에 죽었지 철길 위 육교를 지날 때면 목소리는 흩어져 모두 어디로 가는 걸까 무리를 이룬 날갯짓을 보며 주먹을 쥐었다 폈지만, 너는 벌써 알고 있었다

배웅을 마친 사람들이 플랫폼 처마밑에 분실물처럼 모여 있었다 창백한 손등이 비에 또 젖었다 처음 보는 사람들이지만 다시 보게 될까 두려웠다

오늘 나는 종로3가에서 담뱃불을 빌렸다 검은 슈트를 입은 그는 연석에 서 있었다 차례로 양손을 모아 바람을 막았다 그 안에서 얼굴이 드러났다 우리는 곧 서로를 지나쳤지만 내가 고개 돌렸을 때 너는 양팔을 흔들며 취객이 가득한 골목으로 걸어들어가고 있었다 나는 손을 번쩍 들었다

택시가 천천히 다가와 섰다

연마

책상 위에 놓인 칼
칼의 편향된 면
칼의 일부, 혹은
펼쳐진 책이 품은 페이지

칼끝을 벗어나면 물방울도 날카로워
마른 뒤에 자국을 남기지

정수리에 칼을 꽂고 회전하는 과일과
칼의 한 면이 받아내던 햇빛
거기 원시를 밀어내는 느슨한 힘이 있었다

피겨 선수의 가냘픈 발목으로부터 갈라지는 얼음
사방으로 흩어지는 것들의 방향성,
없는 방향성은 처음부터 제 것이 아니었겠지
그럼에도 불구하고
회전하는 것은 모두 중심을 가진다
그것은 오래 생각하는 사람

내 칼은 너무 무뎌
입을 벌려 송곳니를 보여봐

익숙한 책상에 결정이 임박했다

국소마취

내 몸에 섬이 생겼다

병원을 나서며 나는 알지 못하고 나는 오늘도 신문을 읽고, 출근하고, 일정을 보다가 약속을 잡고, 약속이 취소되기를 기다리며 카페에 앉아

거리에서 신문 구독 요구를 받았고 사은품을 훑어보다 요즘 누가 신문을 보나 그래도 남자는 집요하게 몇 걸음 더 따라왔다

군인과 탱크와 장갑차가 대열을 이루며 지나갔다
시내가 통제되어도 나는 카페에 앉아
—요즘도 국군의 날 행사 하는가
—모두 어디로 가는 걸까?
—자네도 신문 좀 보지 그래
—정말 중요한 건 신문에 나지 않아

수학여행 땐 초콜릿을 사왔지
신혼여행에선 녹차를 사왔고
다녀온 사람들은 항상 뭔가를 들고 왔다

쓴맛이 나기 전에 설탕을 넣어 마셔요
요즘 프리마는 찾기 힘들죠 하긴

모두 기호식품이니까

음악이 몇 번 바뀌는 동안
열을 맞춘 퍼레이드가 지나가고
우리는 모두 그를 기다리는 중인가

누군가 문을 열고 들어섰다

그는 약속을 지켰고
마취가 풀리자
나는 아무것도 할 수 없었다

어떤 잎은 가라앉고 어떤 잎은 오래 떠 있다

끓였던 물이 차갑게 식어 있었다

차를 내려야지
주전자에 물을 받으려고 보니
이미 주전자에 물이 가득차 있었지

조금 전까지 끓어올랐던 물은,
기억은 어디로 간 걸까 그동안,
물이 식는 동안 페소아는
밀린 공과금 분납 문제를 고민했고
관리비가 과다 청구된 게 아닌가 의심했고
그러다 문득,
청탁받은 시의 초고를 썼고, 소설 한 문단을 고쳤다
마지막으로 밀린 소감문을 작성했다

너는 왜 초심을 얘기할까
같은 시간을 들여도
물은 처음 받았던 물과 같지 않은데,

소감문은 이렇게 시작한다

시작하는 물은 움직이지 않습니다

알코올

아무리 웃어도 완전히 혼자일 수 없듯이

부르면 돌아보는 짐승이 있다고 하자

웃으면 기괴해지고, 울면 흩어지던

무릎을 굽혀 부르면 서로 무안해질 뿐

들키는 순간, 다시 돌아갈 수 없다

아무리 웃어도 구멍은 깊어지고

무언가 잃어버린 사람처럼 자꾸만 제 몸을 더듬거리는

이제는 불러도 돌아보지 않을 짐승이 저기 앉아 있다

성난 얼굴 앞에서

어디서부터 잘못되었을까

당신은,

처음부터 시작해보자
이것은 용납할 수 없는 일
저 표정은 어디서 왔을까
무얼 먹고 자랄까
하나의 감정에서 태어나
하나의 표정을 향해 전진하는 것들
돌진하는 것들
꾸물꾸물 움직이는 것들
거침없이 자신을 드러내는 것들 저렇게
멋대로 움직이지만
눈은 눈을 벗어나지 못하고
코는 코의 한계를 안다
주름은 생겼다 없어진다
팽팽하던 이마가 구겨진다
목젖은 어떤가
지금 목젖은 울렁인다
핏줄이 솟고,
저 굵은 핏줄을 채우며 흐르는
목소리는 산맥 능선을 따라 퍼진다

그는 표정의 주인
실패한 혁명을 계획중이다
저 얼굴을 가만히 보면
나는 왜 자꾸만 웃음이 날까
견고한 벽에 금을 긋고 싶어질까
그는 왜 자꾸 내 이름을 부를까

어제 나는 네게 모든 걸 말할 수 있었는데

이태원 클럽 앞에 앉아 있는 너를 봤을 때 너는 깨진 술병보다 아름다웠고 내겐 여전히 너의 담배가 있었지만, 그때 나는 너를 모르는 척했지.

친구들이 너에게 다가갔을 때도

그들은 아무것도 모르고 밤은 너무 밝게 빛나서 내가 라이터를 당기자 소음은 오히려 불꽃 속으로

눈을 뜰 때마다 하나의 막이 벗겨지고
눈을 감아도 마찬가지
거리 가득 쏟아지는 음악소리가 나를 두드리는 그때
한 이방인이 내게 말을 걸었지.

친구, 불 좀 빌릴 수 있을까.
이건 마지막 담배야. 내가 왜 당신 친구인가. 당신은 어디서 왔지.
친구, 거긴 아주 먼 곳이지. 네가 상상하는 이상으로 먼 곳. 나는 그 먼 곳에서 왔어. 네가 원한다면 나는 그곳의 노래를 불러줄 수도 있지만, 아마 너는 모를 거야.
난 모르는 게 많아. 사실, 지금도 그렇지. 애매한 말이 사람을 떠나게 하는 것처럼. 당신이 정말 원하는 걸 말해봐.
난 여전히 이방인이야.

그건 나도 마찬가지.
내가 원하는 곳은 모두가 원하는 곳이야.
몰랐어? 여기는 이방인을 위한 곳. 그렇다면 당신이 원하는 곳은 바로 여기, 당신이 찾는 곳은 바로

내 손이 코트를 빠져나와 공중에 멈출 때, 친구들은 크게 웃으며 너와 함께 떠나고, 내가 아무것도 가리키지 않자 그는 다가와 내 어깨에 손을 얹고 말했지.

그러자 나는 자신이 미워졌다.*

* 베르톨트 브레히트, 「살아남은 자의 슬픔」에서.

가족사진

가끔씩 들여다보는 상자 속 귤이
이제 다 썩었다*

* 진은영, 「가족」에서 변용.

금속피로

바로 오늘, 나는 아무것도 아니다 창틀에 매달린 고드름 그 끝에서 나를 약하게 만드는 물방울이 떨어진다 밖에서 고양이가 우는데, 냄비가 끓는데, 나는 거기에 없다 택배 기사가 벨소리를 두고 갔다 나는 집에 없다 침대에 없다 오늘 나는 여기에 없고, 그곳에서 떠났다 나는 즙이 많은 열매를 파먹으며 아무것도 하고 싶지 않다

창문도 커튼도 없는 곳이다 나는 비었다는 느낌에 대한 실감을 가진다 그리고 실감의 주체까지 삭제한 다음 나와 공간은 최선을 다해 완전해진다 나는 빈손으로 가진 것이 없지만 어떤 무의가 내게 박혀 있다 실감할 수 없는 감각들만 가득하다 연기로 채운 풍선처럼 종일 멍한 기분 이런 때 차라리 어떤 일이라도 일어나기를 바라지만 그러기에 나는 겁이 많다

그때 거리는 어둠으로 가득했다 잘 벼린 칼로도 잘라낼 수 없을 만큼 완벽했다 나는 그 사람을 두고 왔다 그는 취해 있었다 나는 완벽하게 나뉘었다

영원의 스코프

모든 거리가 한 호흡 안에 있다

손이 닿지 않는 곳
주변을 두리번거리는 당신이라면
짐작할 수 있는 모든 곳이
익숙한 범위에 있겠지

당신은 동정을 배신하는 사람 견딜 수 없는 사람 나약한 것이 약한 것을 배신하는 동안 도망가는 사람 외면하는 사람 부정하는 사람 못 본 체 지나치는 사람 귀를 막는 사람 대신 욕하는 사람

누군가 나를 오랫동안 쳐다본다

돌아본 적 있나 문득 돌아본 길이 낯설게 느껴지고 아무도 없다는 사실에 허전함을 느껴본 적 있나 길을 걷다가 뒤를 돌아본 적 있나 고개 돌리는 순간, 고개를 돌리게 한 수많은 이유는 사라지고 뒤따르던 사람과 의뭉스러운 눈빛을 교환한 적 있나 그렇게 나는 매번 나를 기만한다

나는 같은 사람을 두 번 따라간 적 있다

여기인가?

오늘 당신이 아주 고전적으로 뒤를 돌아볼 때
거리는 평화롭고
전깃줄에는 어김없이 풍선이 걸리고
무료한 표정을 파는 노점 상인과
허공을 응시하는 아이의 눈동자를 떠올리며
잠시 멈춰 서 있는 사람

그런 당신은 언제나 너무 오래 한곳에 머무는 습관이 있다 정해진 결말은 얼마나 안락한가 누군가 꽃다발을 건네며 인사한다면 그것은 배수구의 소용돌이치는 중심처럼 무언가 당신에게 다가가고 있다는 뜻이다

우리는 언제나 같은 자리에 앉는다

손톱

손이 닿지 않는 곳만 긁고 싶다
그곳에 무언가 있다

오늘 지하철에서 부랑자를 봤다
그는 사람들을 희롱하고 다녔다

카르텔은 무엇인가
우리는 순간 소속감을 느꼈다

사람들은 가죽이거나
사람들은 씻겨나갈
사람들은 부유하는
사람들은 하찮은
사람들은 점잖고 피곤할 뿐이다

손을 뻗어본다
팔이 닿지 않는 곳
거기서 조금 더

만족한 부랑자는 다음 칸으로

예전이 좋았지
나라가 개판이야

저런 놈들은 싹 다 처넣어야 돼

손톱은 순식간에 잘려나간다
하지만 바싹 깎으면 안 된다
내가 너무 드러난다

수선

봄밤에 옷을 맡기러 간다

아침에 보지 못한 소파가 길가에 있다
이름을 쓰고 지웠다

옷을 맡기러 봄밤에 간다

셔츠 세 벌
소매 단추를 풀고,
바람에 흔들리는 셔츠를 한 손에 들고,
주황색 소파를 지나,
거미가 지나가기를 기다린다

애인은 어디쯤 가고 있을까

꽃이 다 내린 봄밤에
세탁소 불빛이 눈먼 목련처럼
내 얼굴을 덮는다

공간이 나를 흔들 때까지

니진스키는 일렁이는 장작불을 보고 있다
불꽃이 공기를 원하듯 춤은 공간을 원한다
그에겐 한 번의 도약이 남았다
언제까지 앉아 있을 거야?

해설

은둔하는 삶의 정치성

오연경(문학평론가)

21세기에 접어들어 우리는 연결성의 대폭발을 경험하고 있다. 디지털 기술의 발달로 네트워크를 통한 소통이 상시화되었을 뿐 아니라 자연과 사물 등 비인간 행위자들과의 상호작용에 주목하게 되었다. 또한 관계성, 연대, 공동체, 상호 돌봄 등 연결성의 가치가 어느 때보다 강조되고 있다. 이러한 초연결 시대에 단절과 격리, 고립과 은둔을 통해 이 세계의 촘촘한 연결망에 "무수하지만 단 하나의 각도를 가진"('시인의 말') 공백을 새겨넣으려는 시인이 있다. 첫 시집을 통해 기다림의 자세로 도시의 이면이 드러나는 순간을 포착했던 이동욱은 이번 시집에서는 직접 무언가를 도모하는 자로서 모종의 실천적 도약을 단행한다. 그의 손에는 우리 안의 얼어붙은 얼굴을 깨뜨릴 도끼, '파안(破顔)'이라는 무기가 들려 있다. 그것은 견고하게 연결되어 있다고 믿는 이 세계와 주체가 하나의 거대한 농담임을 폭로하며 새롭게 조립될 파편들을 만들어낸다.

1. 거리의 은둔자

『우리의 파안』이 폐회를 선언하며 시작된다는 것은 의미심장하다. 첫 시 「폐회」의 "우리는 다시 연락하지 말자"라는 말은 지금까지 연결되었던 세상과의 단절을 시사한다. 기성품 맥주 캔을 "손안의 모양대로 찌그러"트려 "각진 모양"의 "공간"을 만들어낸 것처럼 익숙한 세계와 단절함으로써 다른 세계가 열릴 빈 공간이 마련된다. 무에서 세상을 창조한 신과는 반대로 완결된 사물에 각진 공백을 만들어낸 화자는 그것이 "보기에 좋았다"고 말한다. 왜냐하면 이 공백은 "바닥을 치고 올라가는 공"처럼 현세계의 작용에 대한 반동의 힘으로, 지금 이곳을 찌그러트려 얻어낼 미지의 가능성이기 때문이다. 그러니까 폐회는 이곳의 완전한 종료나 다른 곳으로의 도피가 아니라 바로 여기에 다른 세계를 도모하기 위한 공백을 마련하는 은둔의 실천이다. 사회학자 김홍중은 『은둔기계』에서 21세기 은둔의 의미를 이렇게 조명한다.

> 내가 말하는 은둔은 초연하고 귀족적이고 고상한 탈속이나 고고한 정신의 세계 도피가 아니라, 지금 우리 시대의 한복판에서 매일매일 벌어지는 '거리(距離)의 생산' 혹은 '간격의 조립'과 같은 미시정치적 실천을 가리킨다. 은둔기계는 거리를 새로운 삶의 원리로 삼는다. 기존의 경계 너머를 꿈꾸는 것이 아니라, 지금 자신을 가로지르는 경계선의 배치를 바꾸고자 한다.
>
> —김홍중, 『은둔기계』, 문학동네, 2020, 6쪽

이러한 의미에서라면 이동욱 시의 주체는 도시의 거리 한복판에서 간격을 만들어내고 경계선을 재배치하는 '거리의

은둔자'라 부를 만하다. 그의 시의 화자들은 이전 시집에서도 그러했지만 복잡한 도시의 일상을 살아간다. 신도시의 정류장에 서 있거나(「신도시」) 종로3가에서 담뱃불을 빌리고(「鳥鳥」), 택시를 타고 동호대교를 건너면서 한남대교를 걸어서 지났던 것을 떠올리며(「친구의 장례식과 애인의 결혼식」), 횡단보도를 건너 구청으로 밥을 먹으러 가고(「배수로」), 은행 창구에서 통장을 개설하거나(「마지막 서명」) 세종대로를 걷거나(「고궁 야간 개장」) 신촌 볼링장에서 공을 굴린다(「아직 끝난 게 아니야」). 그러나 아무 일 없는 듯 지속되는 일상에서 '나'를 가로지르는 경계선이 다르게 배치되기 시작한다.

바로 오늘, 나는 아무것도 아니다 창틀에 매달린 고드름 그 끝에서 나를 약하게 만드는 물방울이 떨어진다 밖에서 고양이가 우는데, 냄비가 끓는데, 나는 거기에 없다 택배기사가 벨소리를 두고 갔다 나는 집에 없다 침대에 없다 오늘 나는 여기에 없고, 그곳에서 떠났다 나는 즙이 많은 열매를 파먹으며 아무것도 하고 싶지 않다

창문도 커튼도 없는 곳이다 나는 비었다는 느낌에 대한 실감을 가진다 그리고 실감의 주체까지 삭제한 다음 나와 공간은 최선을 다해 완전해진다 나는 빈손으로 가진 것이 없지만 어떤 무의가 내게 박혀 있다 실감할 수 없는 감각

들만 가득하다 연기로 채운 풍선처럼 종일 멍한 기분 이런 때 차라리 어떤 일이라도 일어나기를 바라지만 그러기에 나는 겁이 많다

그때 거리는 어둠으로 가득했다 잘 벼린 칼로도 잘라낼 수 없을 만큼 완벽했다 나는 그 사람을 두고 왔다 그는 취해 있었다 나는 완벽하게 나뉘었다

—「금속피로」 전문

현실의 '나'는 일상을 구성하는 것들의 견고한 배치 속에 놓여 있다. "창틀에 매달린 고드름"부터 "택배 기사"의 "벨소리"까지 나와 관계된 것들은 나의 감각을 두드리고 다음 순서의 정해진 행동을 요청한다. 그것들은 집의 거주자이자 택배의 수신인이자 침대의 주인인 '나'를 끊임없이 호출하지만 "바로 오늘, 나는 아무것도 아니다"라고 말하는 주체는 그곳에 없다. '아무것도 아닌 자'로서 '아무것도 하지 않음'은 폭주하는 접속과 과잉된 연결에서 끊어져나와 '덜 존재하기'를 선택하는 것이다. 겁 많은 자의 소극적 저항으로 보이는 이 선택이 급진적인 이유는 "나는 비었다는 느낌"을 실감하고 그 "실감의 주체까지 삭제"함으로써 내 안에 '무의(無依)한 무의(無意)'를 생성해내기 때문이다. 현실에 취해 있던 "그 사람을 두고" 빠져나온 빈손의 '나'는 "잘 벼린 칼로도 잘라낼 수 없을 만큼 완벽"한 어둠, 은둔지에 도착

한 것이다. 그리하여 "나는 완벽하게 나뉘었다"는 것을 알게 된다.

이동욱 시의 화자들은 일상생활뿐 아니라 사회관계 속에서도 이러한 심오한 분리를 경험한다. 「나 혼자 아는 사람」에서 지나가던 누군가에게 "아는 사람"으로 오인되었다가 "닮은 사람"으로 판명된 화자는 "내 얼굴은 나를 두고 사라진다"라고 말한다. 이때 타인에 의해 나로 식별되게 해주는 표지인 '얼굴'과 그것을 자주 잃어버려 누구에게도 식별되지 못할 "나 혼자 아는 사람"으로서의 '나'는 분리된다. 그러니까 "나 혼자 아는 사람"은 사회적 얼굴을 벗고 덜 존재하게 된 사람, 오직 "내가 특별했으면 좋겠다"(「배수로」)는 자기 규정에만 충실한 사람이다. 특별함에 대한 지향은 타인에 의해 식별되는 유일무이성에 대한 욕망이 아니라 내 몸에 존재하는 "아직 아무도 다니지 않은 길"(「폐선(廢線)」)을 열고자 하는 의지이다. 비가 와서 배수로가 막히고 하천이 냄새를 풍기면 그제야 "그 안에 무언가 있다"(「배수로」)는 것을 알게 되는 것처럼, 현실의 거센 흐름에 저항하는 특별한 존재 양식은 바로 그 현실의 한가운데에 항상 있다.

2. 은둔의 충동—웃음 혹은 구토

은둔자는 양면적인 모습을 지닌다. 한편으로 그는 지배적인 삶의 양식에 거리를 두고 면밀히 현실을 관찰하는 냉철한 분석가처럼 보인다. 그러나 은둔은 사전에 계획되거나 주도면밀하게 실행되지 않는다. 안정된 일상에서 은둔하는 삶으로의 도약은 예기치 않게 일어난다. 은둔은 불법적이고 혁명적인 것이기 때문이다. 이번 시집에서는 평범한 일상에 갑작스럽게 찾아오는 충동의 순간들이 자주 목격된다. 가령 「suddenly」에서 '너'의 모든 생각과 행동은 "갑자기" 이루어지며 질서와 논리를 벗어난다. "내가 아니라는 생각"은 "내 글씨를 못 알아보"고 "내 이름이 기억나지 않는" 상태로, "이 몸을 벗어나고 싶다"는 생각으로, 그러다 마침내 "비명을 지르고" "무엇이든 깨뜨리고 싶다"는 욕망으로 치닫는다. 일상적인 나에게서 떨어져나오는 순간, 익숙했던 몸과 행위와 관계가 낯설어지고 그것들을 전혀 엉뚱한 방식으로 배치하고픈 충동이 솟아난다.

은둔은 세계의 가식적인 얼굴을 일그러뜨리기 위한 잠복이다. 여기에는 돌발적이고 공격적인 에너지가 잠재되어 있다. 「우리의 파안(破顔)」에서 "테두리까지 온통 하얀 접시"는 무언가를 애써 회피하고 있는 집안의 긴장된 분위기를 버티며 테이블 위에 놓여 있다. "그래 그런 적 있어"라거나 "이대로 괜찮겠지"라는 위선적 대화가 긴장의 수위를 높일 때 화자는 "접시를 깨트리고 싶"은 충동을 느낀다. 그들이 접시 위에 담아야 할 것은 단정하게 깎인 복숭아가 아니라 "두 달 만에 퇴원한 엄마"의 "작고 초라한 발등", 그 불편하고 아픈 사실과의 대면이라는 것을 '파안'의 순간 알게 될 것이다. 이 시에서 '파안'은 순백의 접시가 깨지는 순간 가식적인 표면을 찢고 드러날 진실의 얼굴을 가리킨다.

웃음이 분노보다 더 파괴적인 이유는 감정이 불러일으킨 파국의 상태를 냉혹하게 관조하기 때문이다. 「성난 얼굴 앞에서」는 "하나의 감정에서 태어나/ 하나의 표정을 향해 전진하는 것들"이 "거침없이 자신을 드러내"며 폭주하는 장면을 보여준다. 하지만 "표정의 주인"은 표정을 구성하는 눈, 코, 주름, 이마, 목젖, 핏줄이 지닌 한계를 벗어나지 못한다. 때문에 '성난 얼굴'은 "실패한 혁명"일 수밖에 없다. 진짜 혁명의 가능성은 오히려 '성난 얼굴'을 마주하고 있는 상대편에게 있다. 그가 "자꾸 내 이름을" 부르며 폭주할 때 "나는 왜 자꾸만 웃음이 날까/ 견고한 벽에 금을 긋고 싶어질까". 이 돌발적 웃음은 "어디서부터 잘못되었"는지 알 수 없는 감정의 강박적 경로에 제동을 걸어 그것의 허구성을 폭로한다.

그런데 일상의 가면을 벗기고 은폐되어 있던 무언가를 드러내는 은둔의 에너지는 어디에서 오는가? "곧 활짝 피어날 무언가를 감추고 있"는 우산 안으로 "허기와 사랑과 치욕과 분노가 모여들"(「비는 내가 홀로 있는 방식」)듯이 우리 삶의 감춰진 의미가 어둠 속에서 선명하게 드러나는 것은 불행을 통해서이다. 불행은 '친구의 장례식'이나 '애인의 결혼식'처럼 삶에서 일어날 수 있는 일들의 충격적인 결합 속에서 망각하고 있던 존재의 심연을 돌아보게 한다.

무엇이 나를 움직이는 걸까. 내일도 같은 날이겠지. 반복되는 것이 이렇게 편안한 마음을 주다니. 생활의 주기는 한 달에 맞춰진다. 하지만 자세히 들여다보면 더 많은 주기들이 있다. 자명종과 전철, 점심, 회의, 저녁, 퇴근. 혹은 야근. 다시 전철. 혹은 택시.

동호대교를 건널 때 내가 느꼈던 것. 내비게이션에 찍힌 택시의 위치. 파란 것은 한강, 직선은 다리. 그 위로 지나가는 것은 나, 혹은 택시. 기사는 음악을 크게 틀고, 음악은 트로트, 혹은 찬송가. 주여 제발 이 다리를 무사히 건너게 해주시옵소서. 그때 나는 창문을 조금 열고, 그 사이로 쏟아지는 바람을 맞았다. 이제 와서 담배 한 개비 정도는 괜찮지 않을까. 찬송가는 너무 경건해서. 오늘이 지나면 내일은 무사할까. 가끔은 다른 사람의 인생을 대신 살고 있는 것 같다. 그를 만나면 자랑스럽게 웃으며 이 몸을 건네줄 수 있을까. 너는 참 쓰기 좋은 몸을 갖고 있구나. 누구에게도 피해 주고 싶지 않다는 것은 그의 거짓말이다.

동호대교에서 한남대교 쳐다보기. 하지만 너와 걸어서 건넜던 건 한남대교. 다리 위에 서면 항상 무언가를 떨어뜨리고 싶어진다. 뭐였어? 뭐겠어. 우리는 이곳에서 저곳으로 건너가기 위해 다리를 건넌다고 생각하지만, 사실 다리의 중간은 기억에 없었지.

택시 기사는 말이 많았고 나는 이곳이 처음이라고 대답했다. 사거리에서 어디로 갈까요? 그러자 나는 갑자기 구토가 일었다.

—「친구의 장례식과 애인의 결혼식」 전문

"생활의 주기"는 모든 시간을 등가적으로 나눈 후 그에 맞추어 화자를 움직이게 한다. "내비게이션에 찍힌 택시의 위치"는 "파란 것은 한강, 직선은 다리"라는 단순화된 그래픽 속에 화자의 이동 경로를 선명하게 보여준다. 택시 안에는 "트로트, 혹은 찬송가"가 흐르고 상투적인 음악에 감정마저 동기화될 것 같다. 권태로운 시공간의 배치가 숨막힐 듯 조여올 때, 불현듯 "다른 사람의 인생을 대신 살고 있는 것 같다"는 낯선 느낌이 찾아온다. "담배 한 개비"에 대한 욕망과 "쓰기 좋은 몸"이 다 내 것이 아닌 것만 같다. 지금-여기에 놓인 '나'라는 존재는 어딘가에 존재할 수도 있는 다른 삶의 가능성과 교환된 것일지도 모른다. 만나고 헤어지고 사랑하고 죽는 일의 무심한 우연성이 화자를 멈춰 세운다. '친구의 장례식'과 '애인의 결혼식'이 있는 오늘, 다리를 건너고 있는 나는 어디로 가는 중인 것일까?

오래전 화자는 "너와 걸어서" 한남대교를 건넌 적이 있고, 지금 화자는 혼자서 택시를 타고 동호대교를 건너는 중이다. "동호대교에서 한남대교 쳐다보기"는 과거와 현재의 비동시적인 동시성을 실감하면서 생의 본질적 덧없음을 직시하는 순간이다. 우리는 탄생과 죽음 사이에 놓인 유한한 시간의 다리를 지나며 그 아래 펼쳐진 존재의 심연을 망각한다. "다리의 중간은 기억에 없었"다는 사실은 지금 지나고 있는 삶의 한가운데 역시 상실되고 있음을 알려준다. 다리의 중간에 멈춰 선 화자는 "다리 위에 서면 항상 무언가를 떨어뜨리고 싶어진다"고 생각한다. 덧없이 흐르는 시간의 표면으로 낙하하는 것의 궤도는 망각된 심연을 향한 은둔의 각도이다. 다리 위를 질주하는 현실의 격류를 수직으로 내리꽂는 실존적 각성은 갑작스러운 구토를 일으킨다. 무의미와 허위로 가득한 현실에 대한 이 강렬한 거부반응은 살기 위해서 은둔지를 구축하라는 명령이다.

3. 은둔의 실천—빛의 설계

은둔지는 세상 한구석에 숨겨진 도피처가 아니라 세상 곳곳에 현실과 다른 모습으로 겹쳐 있는 존재의 집이다. 은둔은 이곳에 살기 위해 현실을 필사적으로 재조립하는 행위이다. 시인은 생각하고 걷고 먹고 일하고 읽고 쓰고 견디고 슬퍼하는 삶의 모든 시간과 장소마다 은둔지를 분배한다. 우리는 이동욱의 시를 읽으며 사소하고 범상한 삶의 구석구석에 은둔지가 깃들어 있음을 보게 된다. 가령 「격리」의 화자가 그려내는 고립된 방의 풍경을 따라가보자. "거실 천장 불을 끄고 조명을" 켜자 빛이 닿는 거리만큼 생겨난 공간, "창밖 어딘가에서 세계의 책이 차르르" 넘어가는 듯한 "한 번 들으면 곧 잊힐 소리", 머그컵이 놓였던 "그 자리에 남은 둥근 흔적"은 사라짐 속에서 나타나 빛을 뿜는 것들이다. "달라진 것은 아무것도 없는데,/ 모든 것은 이미 한번 바뀐 것 같"은 이 '순간-공간'은 현실 안에서 현실과 격리된 존재의 집이다.

은둔지가 존재의 집이라면 그것의 가장 진실된 재료는 언어일 것이다. 이제 우리는 시인이 구축한 은둔지가 다름 아닌 시라는 것을 알아챌 수 있다.

종이에 선을 긋는다

이 선은 뭐야?
이 선은 세로로 긴 선이다
시작과 끝이다
처음과 마지막이다

혼자 떠나는 여행이다

긴 선이다
도중에 멈출 수 없는,
한번 시작하면 멈출 수 없는 길이다

이곳은 완벽한 어둠
도망치고 싶을 만큼,
도망치지 못하면 함께 녹아드는 어둠이다
어둠은 도처에 있다

이 어둠에 길게 선을 그으며 솟구치는 빛
틈을 비집고 무언가 벌려진다

종이에 선을 긋는다
벽에 선을 긋는다
아무 곳이나 선을 그으면
문이 열린다
저 문이 열릴 것이다

간호사들이 어딘가로 뛰어간다

—「엘리베이터 안에서」 전문

"종이에 선을 긋는" 단순하고 사소한 행위로 은둔지의 설계가 시작된다. "세로로 긴 선"은 균일하고 안정화된 수평적 현실에 날카로운 수직의 심연을 찔러넣는다. "시작과 끝" "처음과 마지막"인 이 선은 "한번 시작하면 멈출 수 없는 길", 무언가에 닿을 때까지 집요하게 그어질 선이다. 그 선은 이곳이 "완벽한 어둠"이기 때문에 시작된다. 도처에 있는 어둠은 피할 수 없는 삶의 근거지라서 "도망치지 못하면 함께 녹아"들 수밖에 없다. 종이에 선 긋기는 어둠으로부터 도망치지 않으면서 어둠에 잠식되지 않는 방법으로 선택된 것이다. 그런데 아무것도 아닌 길고 가느다란 선에서 놀랍게도 빛이 솟구친다. "틈을 비집고 무언가 벌려"낸 그 빛이 다른 세계의 문을 연다. 이제 종이만이 아니라 벽이든 어디든 "아무 곳이나 선을 그으면/ 문이 열린다". "혼자 떠나는 여행"처럼 시작된 선 긋기는 우리가 갇힌 줄도 모르는 채 담겨 있던 어둠 상자를 열고 이곳이 엘리베이터 안이었음을 알려준다. "간호사들이 어딘가로 뛰어"가는 문밖의 세계는 이곳과 무관한 유토피아가 아니라 이곳의 비상사태를 선언하고 달려나가는 광장이다. 종이에 쓰인 시가 빛으로 설계한 은둔지는 그렇게 공동의 세계의 문을 연다.

시인은 "빛이 닿지 않는 곳은, 보이지 않는 것은, 그곳에 아무것도 없다는 듯이"(「고궁 야간 개장」) 화려한 조명을 밝힌 고궁에서, 역광에 묻혀 보이지 않게 된 비존재들의 얼굴을 상상한다. "이별에 실패한 사람 울음에 특화된 사람 보이지 않는 사람 보이지 않아 함부로 우는 사람 보이지 않아, 볼 수 없는 사람"(「비는 내가 홀로 있는 방식」)이 어둠 속에 있다. 시인은 그 얼굴들에 응답할 빛을 발명하지 않을 수 없다.

> 저기에 기척이 있다
>
> 무언가 날아오른다
>
> 흔들리는 게 무언지
> 알지도 못하면서
>
> 나는 살고 싶어
> 그 날개를 훔친다

—「밤까마귀」 부분

"밤을 갉아먹"으며 "백지 위를" 날아다니는 밤까마귀는 시인의 형상이다. "나를 낳은 여자가 울고/ 나를 닮은 남자가 나를 미워"하는 존재의 불안 속에서 시인의 몸은 "좌우로 흔들"린다. 흔들리는 몸은 "무언가 날아오"르는 '기척'에 온 감각을 곤두세운다. 불안한 흔들림이 혹시 날갯짓이 될 수는 없을까? 삶의 매 순간이 회복할 수 없는 고통과 불행의 연속일지라도, 세계가 폭력과 갈등과 오해로 들끓을지라도, 보이지 않게 되어 볼 수 없는 사람들이 더 어두운 곳으로 밀려나는 세상일지라도, 살아야 한다. 고통과 폭력과 슬픔의 한가운데에서 살기 위해 시인은 "날개를 훔친다". 보이지 않는 것들의 기척에 응답하며 백지 위에 빛을 그리는 저 날갯짓이 "조금 더 가보기로 하자"(「B3 Parking lot」)는 용기를 우리에게 준다. 폐회로 시작한 이 시집이 "한 번의 도약이 남았다"(「공간이 나를 흔들 때까지」)는 기약으로 끝나는 이유가 여기에 있을 것이다.

이동욱 2007년 서울신문 신춘문예에 시가, 2009년 동아일보 신춘문예에 단편소설이 당선되며 등단했다. 시집 『나를 지나면 슬픔의 도시가 있고』, 소설집 『여우의 빛』이 있다. 수주문학상을 수상했다.

문학동네시인선 227
우리의 파안

초판 인쇄 2025년 2월 5일
초판 발행 2025년 2월 10일

지은이 | 이동욱
책임편집 | 김영수
편집 | 김봉곤
디자인 | 수류산방(樹流山房) 본문 디자인 | 최미영
저작권 | 박지영 형소진 오서영
마케팅 | 정민호 서지화 한민아 이민경 왕지경 정유진 정경주 김수인 김혜원 김예진
브랜딩 | 함유지 박민재 김희숙 이송이 김하연 박다솔 조다현 배진성
제작 | 강신은 김동욱 이순호
제작처 | 영신사

펴낸곳 | (주)문학동네
펴낸이 | 김소영
출판등록 | 1993년 10월 22일 제2003-000045호
주소 | 10881 경기도 파주시 회동길 210
전자우편 | editor@munhak.com
대표전화 | 031) 955-8888 팩스 | 031) 955-8855
문의전화 | 031) 955-2696(마케팅), 031) 955-2679(편집)
문학동네카페 | http://cafe.naver.com/mhdn
인스타그램 | @munhakdongne 트위터 | @munhakdongne
북클럽문학동네 | http://bookclubmunhak.com

ISBN 979-11-416-0174-4 03810

* 이 책은 서울특별시, 서울문화재단 '2024년 창작집 발간지원 사업'의 지원을 받아 발간되었습니다

www.munhak.com
문학동네